打油詩之校園大祕寶

蔡明昌◎著　鄭郁欣◎繪

少年兒童出版社

沙

沙

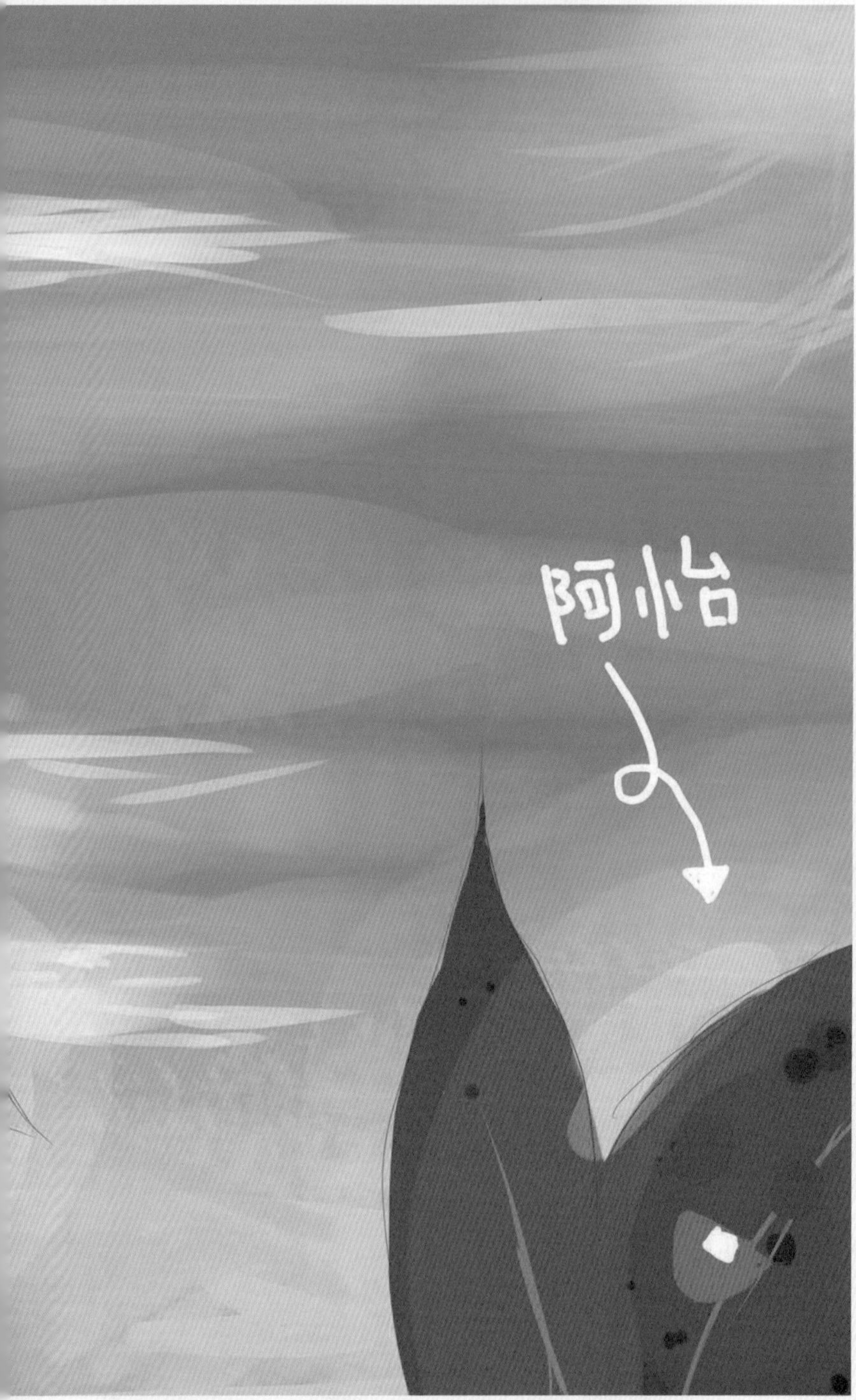
阿怡

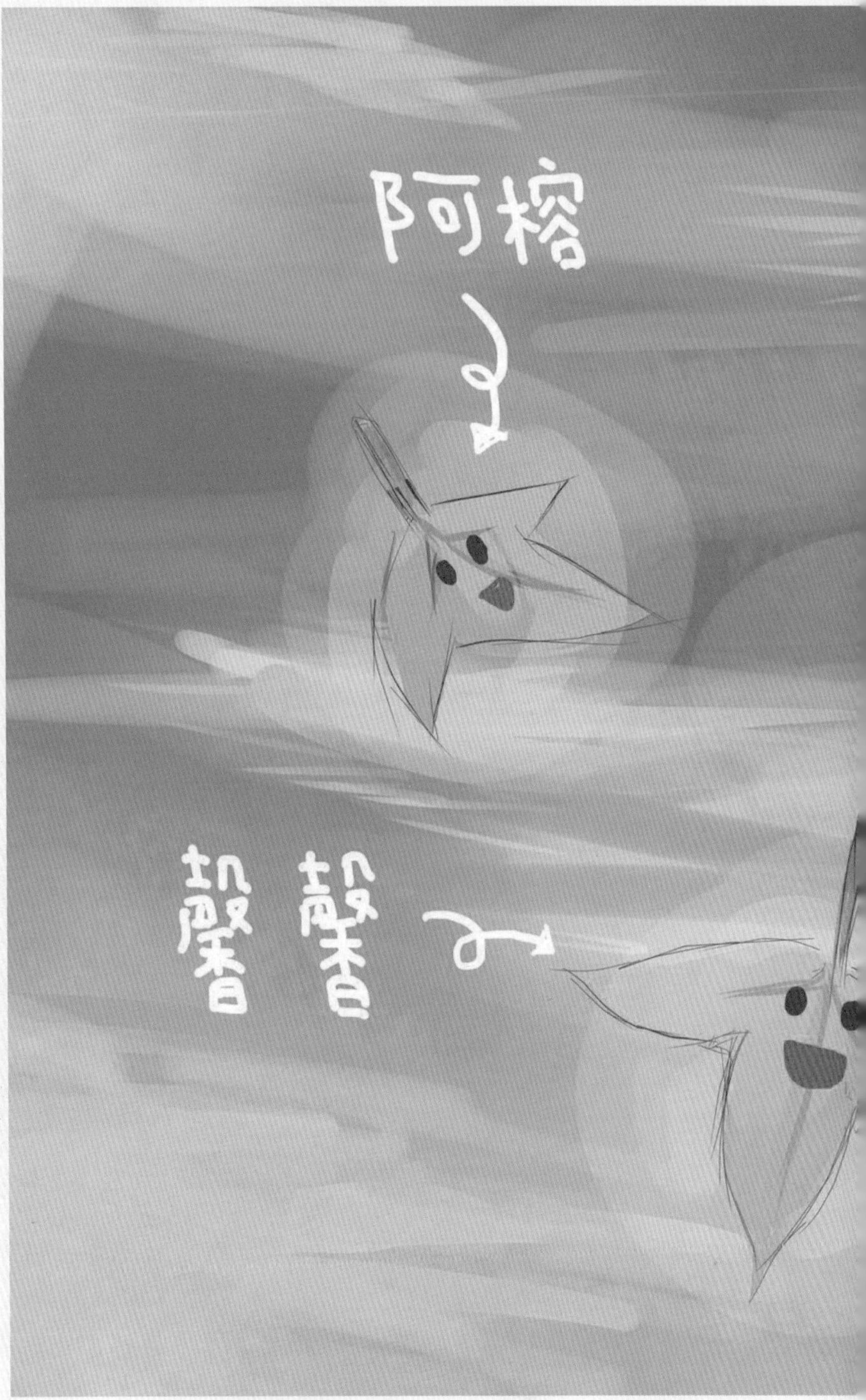
阿榕
馨馨

star

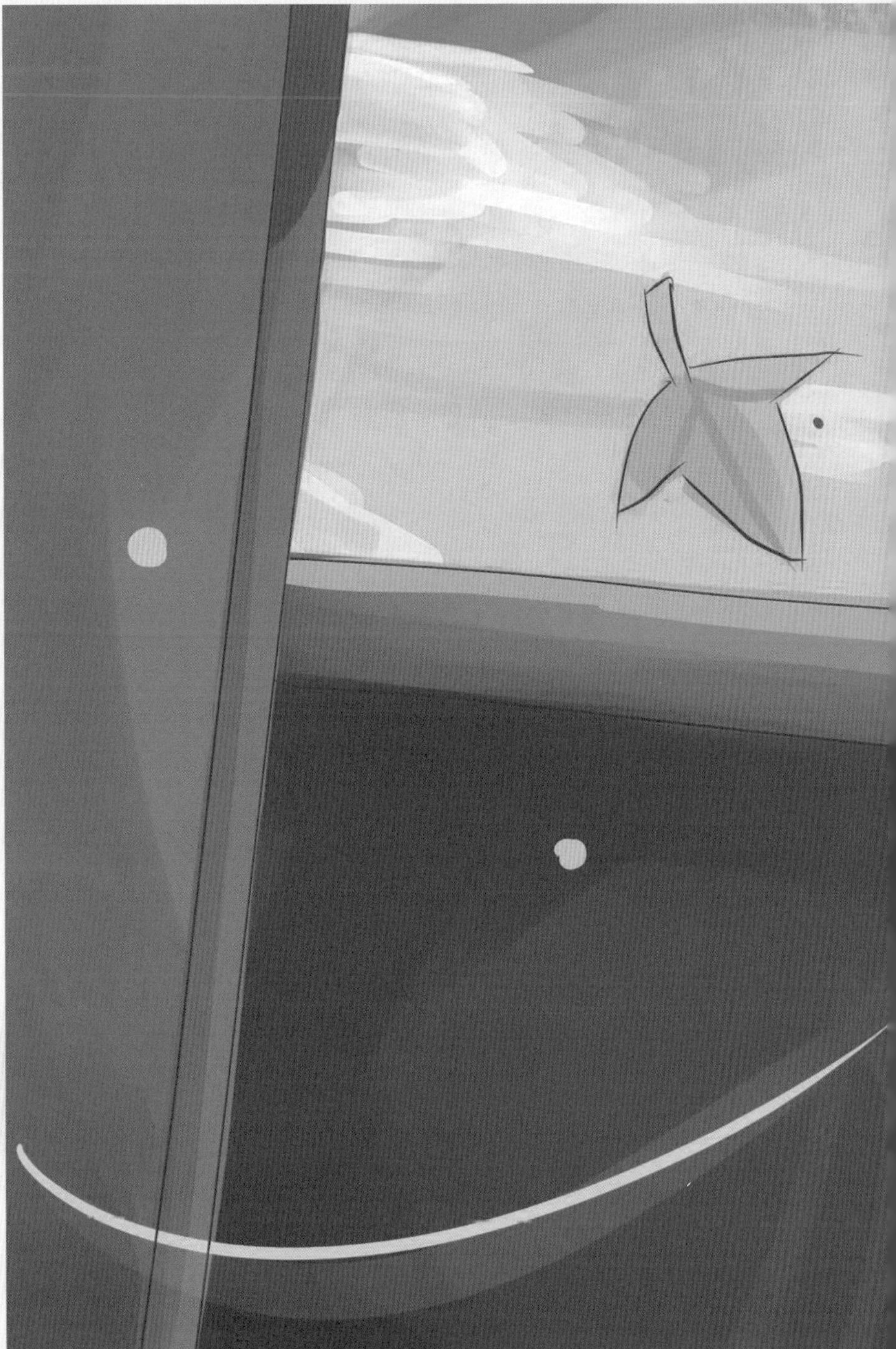

室
偷

校
有小

上
蔣公

Star

FISH

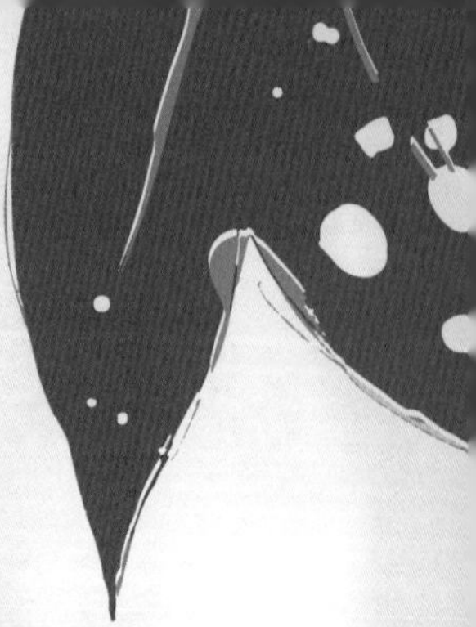

目錄

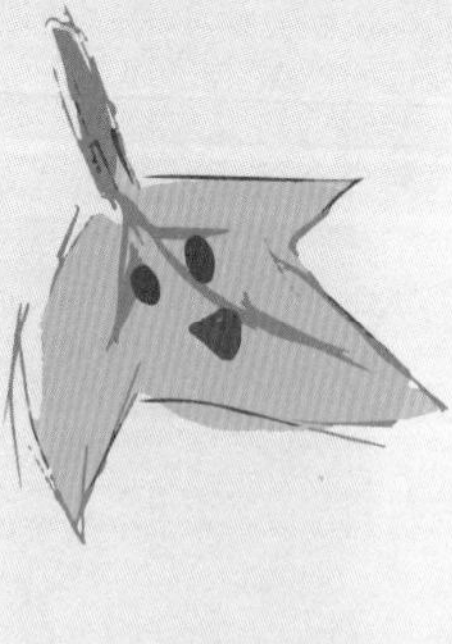

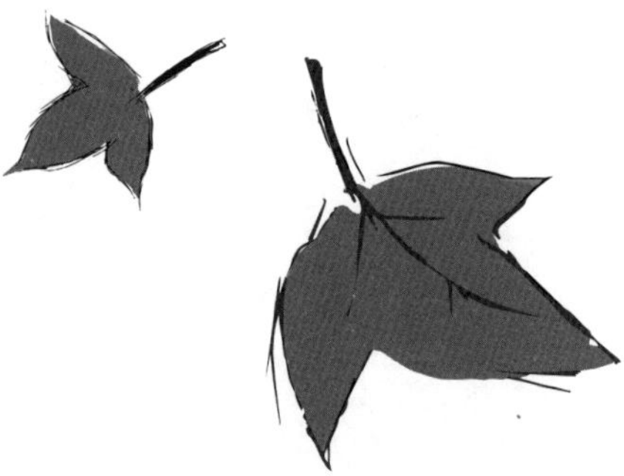

《第一回 楓香樹的低語》

「噹～噹～噹～……」七點五十分晨間打掃結束的鐘聲響了，這時晴雨國小的校園正在打掃的學生正準備結束打掃工作，有的拿掃具、有的收垃圾，這瞬間大家頓時忙碌了起來。

「妳啊～妳，真的很調皮耶！明明知道學生掃地很辛苦，但每次都一定要在一大早抖那麼大一下，這樣妳身上的葉子不會掉得滿地才怪勒！」楓香步道旁傳來楓香樹阿榕的聲音。

「這樣很有趣啊！而且抖落的葉子多，學生掃得比較久，這樣他們就可以多陪我們一下，不然整天站在這裡還真的很無聊。」楓香樹阿怡邊說邊扮鬼臉。

「哈哈！想想還真是有趣，學生們都不知道她們在掃的『葉子』其實是我們的惡作劇，而我們的葉子可是舉世無雙的厲害。」楓香樹馨馨驕傲地說。

阿榕、阿怡和馨馨是在晴雨國小楓香步道旁的楓香樹，從晴雨國小創校時就被移植到現在的位置，這樣數一數也過了快一百年了，因為再過不久就是晴雨國小百年的校慶。

「想想我們在這裡也快一百年了，看著掃地的學生雖然每年都不一樣，但是都這麼有朝氣和活力，真是令人羨慕。」阿怡說。

「妳也很有活力啊！最近很常看到妳到處亂跑，別亂用『楓動石』，不然哪一天妳真的需要用到的時候，妳就會後悔現在亂用楓動石了。」阿榕對著阿怡說。

「能有什麼事需要使用大量的楓動石，每天到處玩玩才用那麼一點點而已，妳們兩個啊，要及時行樂，像我一樣，哈哈！」阿怡大笑地說。

「所有的樹就只有我們這三棵楓香樹有這個特殊的能力，想去哪就去哪，逍遙自在的很。」馨馨昂頭大聲地說。

「噓～～，小聲一點，別的樹都不知道我們有這個能力，妳這麼大聲地說是怕其他的樹不知道我們的祕密是不是！有這種能力就應該偷偷的使用才對啊。」阿榕壓低音量小聲地對馨馨說。

「對了，阿怡，請問一下，妳還有多少楓動石可以使用？」阿榕接著對阿怡說。

「怎麼了，妳要跟我去逛逛校園嗎？還是妳有什麼偉大的旅遊計畫，走，我跟妳去，馨馨妳也一起跟我們去啦！」阿怡興奮地說

「等一下啦！妳都還沒聽我講完，怎麼知道我要做什麼，說不定妳會認為是我想太多了。」阿榕攤開手說。

「妳的動作小一點，現在是早上打掃時間，很多人都會經過這裡，到時候被看到了，我們會被認為是『妖怪樹』，到時候說不定就會被移走或砍掉，一想到就可怕。」馨馨緊張地說。

「放輕鬆、放輕鬆，我會小心的啦，我剛剛有注意一下旁邊沒有人，況且誰會沒事抬頭起來看天空，別這麼擔心！」阿怡雖然說得很灑脫，但是說話的時候仍謹慎地左張右望。

楓香樹的每一條枝幹都是可以活動的手，只是人類不太注意樹的姿態，都一直以為樹枝是固定在同一個位置的。

《第二回　葉子和楓動石》

葉子是楓香樹最厲害的祕密，它不僅具有其他樹葉都有的功能，還有另外一項很特別的地方，那就是每一片葉子都可以是楓香樹的分身，不過要搭配楓動石使用才可以。

為什麼楓香樹有這麼一個厲害的祕密呢？這就要回溯到她們被移植到晴雨國小的那天。那是一個大晴天又下著雨的午後，阿榕、馨馨和阿怡隨著大貨車被搬運到晴雨國小，正準備種在已取名為楓香走道的路旁，就在她們都被種下和扶正後，這時天空轟隆一聲響雷，在聽到響雷的同時，一道閃電一分為三，就這樣打在她們的身上。

但是奇怪的是，這閃電並沒有劈壞樹身或引起燃燒，而是讓她們的身上蒙上一層淡淡的紫光，這紫光像霧氣，也像火焰，朦朦朧朧中帶點輝煌的神聖，令人眼睛不敢直視，深怕褻瀆了這紫光的美。

「想想那時候，看到閃電快往自己的身上奔來的時候，還真是嚇了一大跳，想說這下子完了！死定了！」阿怡心有餘悸地說。

「我也是快嚇死了，閃電就這麼快速地衝過來耶！我當下的腦袋一片空白，心裡一直默念『神啊，我還不想死，救救我！』。」馨馨身體發抖地說。

「妳先緩和一下情緒，別這麼激動，不然抖動太明顯的話是會被人發現的。」阿榕提醒馨馨說。

「那紫色的光真是令人一見難忘，那感覺、那感覺，哎呀！真是說不出那奇妙的感覺。」阿怡說。

「那時，我覺得身體突然充滿了能量一樣，而且隨著時間越久，那能量有越來越盈滿的感覺，且紫光環繞在我們全身，看起來是那麼不真切，但是卻又很明顯地可以感受到紫光的存在。」阿榕說。

「等能量感覺到快盈滿的時候，楓動石就這麼出現了，真的很酷耶！那種『累積』是慢慢的，就在我目瞪口呆、一動也不動的時候發現了楓動石的存在。」馨馨說。

「對啊，我也是耶，我一動那累積的感覺就消失了，但是只要不動就又會出現，真是有趣！妳看，我現在正在說話，因為說話也是一種『動』，所以那累積的感覺又消失了。」阿榕說。

「哈哈！所以應該稱為『不動石』才對，只不過是阿榕替這累積的能量，取這麼一個貼切又好玩的名字『楓動石』，而這名字還真是越叫越順口，所以就一直稱呼下去了。」阿怡說。

楓動石是一種能量，只要阿榕、馨馨和阿怡保持不動就會慢慢地累積，等累積到一定的程度，她們就會感受到體內有一顆小小的東西產生，但是因為是產生在體內，是一種看不見卻又存在的東西，所以如果真要具體地描述，她們三個會很有默契地認為，那東西很像一顆小石子，所以才叫做楓動「石」。

對於楓動石的累積，一開始她們都覺得非常新奇和有趣，但是累積越來越多之後想不到身體卻出現不舒服的感覺，她們感到不知所措，甚至有點焦慮，不過在一次偶然的機會中，阿怡發現如何使用楓動石了。

「要不是我發現了如何使用楓動石的方法，我們肯定就會因為累積太多楓動石而爆炸。」阿怡開玩笑地說。

「這樣說是有點誇張，爆炸倒還不至於，只是累積太多楓動石會有什麼後果，我們真的也不知道，僅覺得身體越來越不舒服，快『滿』出來了。」馨馨將「滿」字加強語氣地說。

「就跟妳們說我平常不是愛玩，只是好奇心多了點，且非常地具有實驗精神而已，哈哈！」阿怡將樹枝小力地揮動來表示自豪的感覺，但揮動完立刻謹慎地看看四周，深怕有人發現。

「好啦，倒真是多虧了妳，這樣也能讓妳發現『葉子分身術』的技能，像我這麼聰明竟然都沒能夠發覺，這次我真的輸妳了，佩服！佩服！」阿榕說。

「挺好玩的耶，風一吹我們就可以到處移動，飄啊飄、飛啊飛的，想去哪就去哪，不過要注意留點楓動石來當作回程的能量，不然就會回不來了，這應該也是一種限制吧！」馨馨說。

「就是說嘛，有一次我偷偷跑去生態池，看兩位學生在午休時間不睡覺的，在生態池偷撈魚。因為那個學生就一直都撈不到，而我也看得太入神了，沒想到要回來時身上只剩下兩顆楓動石，差點就回不來了！」阿怡抖了一下說。

阿怡這一抖，抖落身上不少的葉子，這些葉子有幾片打在六年5班即將結束打掃的男學生身上，也有幾片葉子不偏不倚地落在學生拿來收樹葉的垃圾桶內，這引起準備收垃圾的學生的一陣歡呼，好像看到籃球比賽有人投籃進框一樣。

「妳們兩個等一下啦，我只是問阿怡還有多少楓動石而已，怎麼大家瞎聊到之前的往事，難不成我們都患有在樹界的『百歲症候群』，喜歡回顧往事、喜歡碎碎念，哈哈！」阿榕說。

「真的耶！我們又不知不覺扯遠了，阿榕，那妳說說看妳有什麼驚人的發現或是偉大的旅遊計畫。」馨馨說。

《第三回　樹底下的密謀》

「昨天下午學生放學後的校園開放時間，有兩個成年男人，大約三十歲左右，鬼鬼祟祟地在楓香走道上竊竊私語，起初我也不是很在意他們在說什麼，只大約聽到那兩個人互相稱呼為勇哥和小不點。」阿榕說。

「那兩個人我好像也有看到耶！只是每天這麼多人在我們下面來來去去，我都嘛沒有很在意他們在做什麼或說什麼，但是會依稀有些印象。」馨馨說。

「聽妳們這樣說，我回想起來好像也真的有看過這樣兩個人，講話都刻意壓低音量，神祕兮兮的，難不成他們在算計著什麼事？」阿怡興奮地說。

「奇怪了，妳在興奮什麼？不過他們有可能是在算計一些不法的事，不然怎麼一副不想讓別人知道的樣子。」馨馨說。

「馨馨，妳還不瞭解阿怡嗎？她喔，每天都在喊無聊，現在好像有一件新鮮事要發生，她當然興奮啦！兩位，雖然他們昨天小聲地說話，但是我有聽到他們好像約好今天傍晚再到楓香走道來討論一些事，那時我們再認真聽一下他們再說什麼好了。」阿榕說。

當天傍晚學生放學後，天色漸漸昏暗之際，果然有兩個戴著帽子的男人出現在楓香走道，一個手上拿著好像空間配置圖的紙，一個手上拿著類似球狀物的東西，那球狀物還會發著冷冷的紫光。而這兩個男人正剛好站在阿榕的下面。

「小不點，叫你去拿的東西你帶來了沒？」身材較高的那個男人低聲地說。

「勇哥，你放心啦，我小不點辦事能力一流，你交代的事情我有哪一件是沒有完成的？像空間配置圖這種東西，你要幾張就有幾張，我連總統府的空間配置圖都能拿得到，你信不信？」身材明顯瘦小許多的那男人拍拍自己的胸口很有自信地說。

「我信！我信！我們合作這麼久，有哪一次懷疑過你的實力了？當今『天下第一神偷』的稱號，除了你還有誰可以自稱。先別說這麼多，等這件事情辦完之後，我再送個匾額給你，看你要『天下第一神偷』還是『神之鬼手』，我訂做一個給你。快！那東西拿來看看。」勇哥伸出手對著小不點說。

「勇哥，你很搞笑耶！哪有小偷家裡掛匾額的啦，就怕警察不知道你是小偷喔！」小不點邊笑著說邊將那張空間配置圖拿給勇哥。

「不過，你怎麼知道那寶藏就一定在晴雨國小的校史室呢？」小不點疑惑地看著勇哥說。

「這你就沒有我這寶藏獵人這麼專業了，你知道在世界各地都有屬於當地口耳相傳的打油詩嗎？」勇哥說。

「我知道啊，那些不都是一些無聊的人，打發時間亂哼唱的產物嗎？哪有什麼重要性！」小不點不以為然地說。

「就說你不懂嘛！很多在地的打油詩都暗藏著不為人知的祕密，通常大部分的人不會在意是因為他們都跟你有一樣的想法，就是覺得那不過是文人雅痞消遣的東西，但是，對我們寶藏獵人來說，那都是尋寶的重要線索。」勇哥說。

「真的嗎？那你說說看晴雨社區這附近有什麼打油詩？」小不點仍然狐疑地問。

「這是這首，你聽聽，『晴天堆，雨天推，堆了又推，推了又堆。一堆一推大風吹，風往哪裡吹，球往那裡飛，進了乾隆花瓶裡，轉轉轉一定對。』這就是流傳在晴雨社區的打油詩。」勇哥說。

「這首我有聽這附近的小朋友哼唱過，旋律還挺好聽的。不過我覺得那打油詩的內容只是在說這裡的天氣變化和小朋友玩的遊戲罷了，哪有什麼稀奇的，你想太多了吧！」小不點說。

「前面幾句我還不懂其中的意思，但是那乾隆花瓶在這附近就只有晴雨國小校史室那一個，因為非常珍貴，所以學校特別架設監視器和保全系統來防盜。我想只要我們去到校史室大概就會知道打油詩中其他句的意思了。」勇哥說。

「好吧！聽你這麼一說，好像真的有那麼一回事，反正我只相信你，到時候找到寶藏可得好好地算我一份大的。」小不點說。

「那是當然的囉！不過我們要再等一下，我約了另外一個寶藏獵人跟我們一起去。你看，說人到人就到。」勇哥對著楓香走道靠近校門的一端揮揮手。

勇哥揮揮手的對象是一位身型瘦高的女性，年紀約莫二十多歲，手上提著一只工具箱正緩步地往勇哥和小不點靠近。

「勇哥，我來了，請問這位是？」那位女生指著小不點說。

「我來幫你們互相介紹一下，這位是『神偷』小不點，這位是寶藏獵人娜娜。」勇哥手先比向小不點後再指著娜娜。

「娜娜，幸會了，『神偷』對我來說只是虛名，久聞妳的大名，很高興能和妳合作。那勇哥，我們什麼時候要去找寶物呢？」小不點猴急地說。

「不要急，我們先一起看看你帶來的那張空間配置圖，娜娜，妳也仔細看一下，看能不能看出我沒有注意到的地方，也順便計畫一下該如何『探訪』校史室。」勇哥對著小不點和娜娜說。

《第四回　葉子分身術》

「越聽越有趣，這世界上竟然還真的有寶藏獵人，我還以為只有在電影或是卡通裡才看得到。」阿怡興奮地說。

「阿怡，終於有新鮮事了吧！很好奇他們所說的那個寶藏是不是真的在晴雨國小吧？或者說，真的有那個寶藏嗎？」馨馨說。

「我覺得這寶藏應該是會有的，因為那個叫做勇哥的人，他的說法很有道理，而我也常聽到在楓香走道聊天的人，也偶爾會在閒聊中提到關於失落在晴雨社區的寶藏。」阿榕說。

「那我們是不是應該要跟著他們一起去校史室探險一下？」馨馨

說。

「好啊！好啊！最近我雖然有用楓動石去到處亂逛，但是都沒有去很久，所以累積的楓動石這時候就可以派上用場，真是『養兵千日，用在一時』。」阿怡說。

「妳哪有『養兵千日，用在一時』，妳是『用在隨時』才對吧。來，我們都數數自己身上有幾顆楓動石。」阿榕說。

楓動石存在阿榕、馨馨和阿怡的體內，只要保持身體不動就會慢慢累積，而累積到一定的程度就會轉換為楓動石。能量轉換為楓動石之後，就會再繼續累積下一顆，而她們也對於自己體內有多少顆楓動石都相當清楚。但是一顆楓動石能產生多少讓他們移動的能量，也說不得準，因為葉子的移動會隨著天氣和風向而有所不同，天氣濕黏或遇到逆風就必須使用多一點的楓動石，所以每次使用葉子分身術需要的楓動石都只是大概的數量。

『葉子分身術』就是阿榕、馨馨和阿怡只要將念力集中在某一片葉子上，她們的精神狀態就可以移轉到那片葉子上，這就好比人類的靈魂出竅一樣，物質的本體仍在原來的位置，只是靈魂的部分離開了物質的本體而神遊或寄附在某件物體上面。

使用葉子分身術是需要消耗楓動石的，但是使用後，精神狀態寄附在葉子上，受到外力而產生的移動是不需要消耗楓動石的。不過如果有想去的地方，是可以用消耗楓動石的方式來使自己移動。

「我身上有一百二十顆，應該還不算少，那妳們兩位呢？」阿榕默數了一下身上的楓動石之後對著馨馨和阿怡說。

「我的楓動石沒有妳一百二十顆那麼多，不過我有一百零八顆，應該夠用吧？阿榕妳覺得呢？」馨馨對著阿榕說。

「馨馨的楓動石數量應該夠用。阿怡，妳數完了嗎？我最擔心妳了，因為如果妳的楓動石不夠的話，我看我只能跟馨馨一起去了。」阿榕對著阿怡說。

「我雖然愛用葉子分身術到處玩，但是平常我也有儲蓄習慣的，我的楓動石有八十六顆，還夠用嗎？」阿怡對著阿榕說。

「八十六顆楓動石對於這事的探險應該沒有問題，但是不知道他們三位想闖入校史室的人有沒有後續的動作，如果有的話，那需要的楓動石應該會蠻多的，我看妳最近還是不要亂跑，乖乖地『罰站』讓自己保持不動，這樣楓動石的累積才會快。」阿榕對著阿怡說。

「阿怡，妳最近就聽阿榕的話吧！靜一下，不然如果後續發展非常有趣的話，我怕妳會因為沒有楓動石而錯過那精彩的時刻。」馨馨半開玩笑的口氣對著阿怡說。

「是的，遵命，這幾天我會很乖的，請兩位放心。」阿怡把一支樹枝往上舉做敬禮的動作，但是因為樹枝的移動又造成不少葉子的掉落。

「就說不要做大的動作了，這樣才可以快速累積楓動石，妳看妳又不自覺地動了這麼大一下，拜託一下、克制一點啦！」阿榕對著阿怡說。

「不過，就算我們用了葉子分身術跟著他們去了校史室，那我們也只是『知道』他們發現什麼祕密和做了什麼事而已啊，又不能改變什麼。而且有目的地的移動是相當消耗楓動石的，在目的性不明和目標性不明的情況下，跟他們去校史室是相當冒險的一件事，這可得想想。」馨馨對著阿榕說。

「唉唷，哪需要什麼目的性和目標性，這太正經了吧！做事情開心就好，別這麼嚴肅嘛！只要跟著他們去校史室看看他們在做什麼，這樣不就是一件令人興奮的事了嗎？一想到就覺得超期待的！」阿怡對著馨馨說。

「其實阿怡講的也是有道理，生活找找樂趣也不錯，何況是有關尋寶的事，這真的令人好奇心發作。不過馨馨的顧慮也是對的，畢竟如果回不來我們的本體，那結果是我們都沒有碰過的，妳看上次阿怡去看學生撈魚這件事，差點回不來讓我們都嚇死了，所以我們應該要先做一下萬全的準備才是。」阿榕謹慎地說。

「說不定『葉子分身術』有我們不知道的功能，而那功能在緊急的時候就會發揮了。」阿怡說。

「妳真的很樂觀耶！最好是像妳說的那樣就好了，不過我們還是務實一點，先聽聽他們要去校史室做什麼再說好了。」馨馨說。

「也好，先聽聽後再來思考。」阿榕說完後，暗示阿怡和馨馨注意聽正在樹下看著校史室空間配置圖的勇哥、小不點和娜娜三人正在說些什麼。

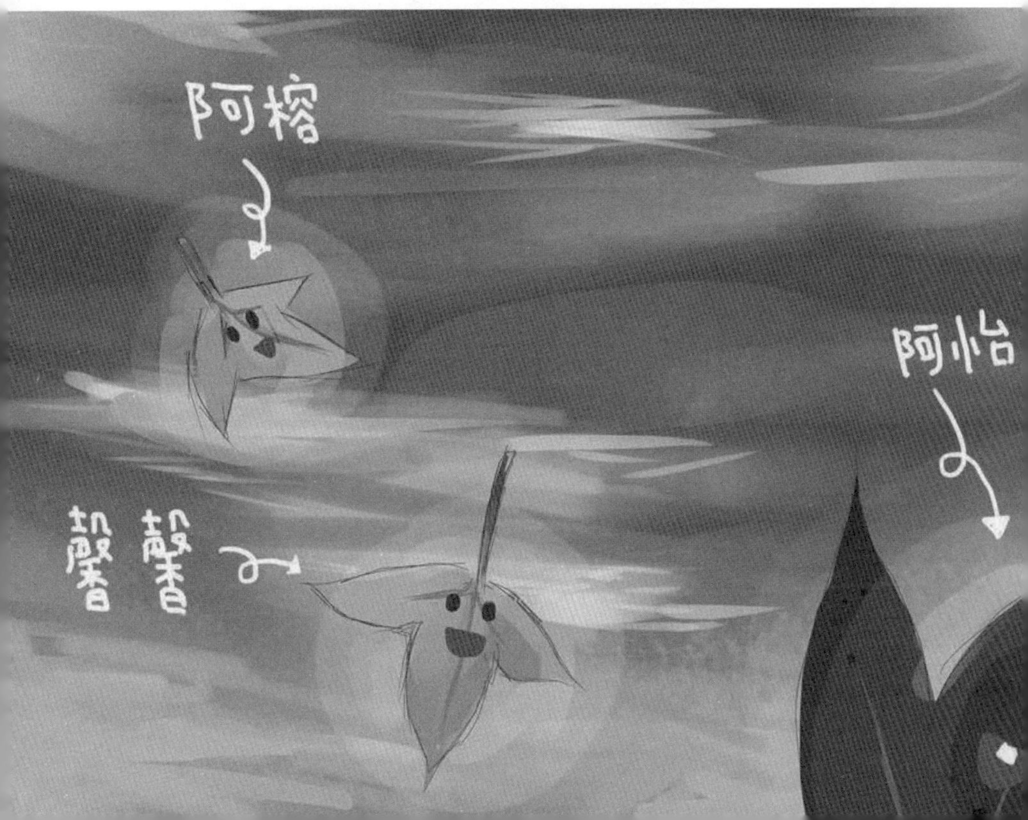

《第五回　紫焰球》

「看這校史室的空間配置圖，我猜測那寶藏應該在校史室那個堆放物品的小房間裡。」勇哥看著娜娜手上的空間配置圖後對著娜娜說。

「勇哥，我覺得如果這麼簡單的話，就不會有這麼多人一直都鎩羽而歸了。」娜娜說。

「什麼！已經有人知道這校史室藏著寶藏了？」小不點驚慌地說。

「這晴雨社區藏有寶藏的祕密，在我們寶藏獵人的圈子裡已經不是一個祕密，大家早就知道了，只是一直都沒有人能有所破解或真的尋獲，因此最近幾年來已鮮少有人再提及晴雨國小寶藏的事情了。」勇哥對著小不點解釋。

「既然這樣，那勇哥你為什麼突然對在晴雨國小的寶藏有了興趣呢？」娜娜問勇哥。

「因為我找到了這顆紫焰球，你們看。」勇哥說完後將放在褲子左邊口袋的紫焰球拿出來放在手上，而紫焰球正閃著令人為之著迷的冷紫光。

「這冷紫光真是炫目，我看了都好想要把紫焰球拿在手上，看越久就越想要，難不成紫焰球有某種魔力？」小不點不由自主地將手伸向紫焰球。

勇哥急忙地將紫焰球放進口袋，並輕拍了一下小不點的手之後說：「不要一直看紫焰球的光，不然會有一種無法自拔的感覺，很可怕的。」

「你是怎麼拿到紫焰球的？」娜娜疑惑地問勇哥。

「我也曾經試著來找過晴雨社區的寶藏，但跟大家一樣都一無所獲，所以慢慢地也就不太注意，總覺得那寶藏應該只是個謠傳，根本就不存在！不過『當你不想找它的時候，它自然就會出現』這兩句話應用在這時真是再貼切不過了！」勇哥若有所思地說。

「快說來聽聽，你這樣不一次說完，真是吊足了我的胃口，快說，是什麼東西出現了呢？」小不點急躁地對勇哥說。

「有一次我為了獵找一個價值不斐的清朝珠寶，追線索追到了晴雨社區附近。正當在公園吃午餐的時候，聽到一群孩子在溜滑梯旁邊哼起了那首打油詩『晴天堆，雨天推，堆了又推，推了又堆。一堆一推大風吹，風往哪裡吹，球往那裡飛，進了乾隆花瓶裡，轉轉轉一定對。』，一開始我還不以為意，但是那群孩子的對話卻吸引了我的注意。」勇哥說。

「他們說了什麼，是關於那寶藏的嗎？」娜娜問。

「也算是啦！因為他們提到了在晴雨國小生態池邊靠水的大石

頭下，有時候會出現淡淡的紫光，因為紫色的光在水面下，本來就比較不會被人注意到，且在生態池的旁邊有一盞燈，所以就算紫光被看到，也會被認為是燈光倒映在水面上所造成的結果。倒是這一群喜歡到生態池玩耍的孩子，他們發現到這紫色的光之後，有人用手到水面下去摸摸看，觸摸的結果依他們形容像是一顆球狀物，但是卻拿不出來。這讓我聽完之後突然靈光一閃，你們還記得那首打油詩裡有提到一顆球嗎？」勇哥興奮地問娜娜和小不點。

「有啊，就是『球往那裡飛』這一句有提到，喔，我懂了，打油詩、球、寶藏，我這樣做連結是對的嗎？」小不點也跟著激動了起來。

「果然是神偷小不點，反應真快。是的，我也是這樣想的，所以我就先把要獵找清朝珠寶這件事先擱置在一旁。在當天晚上我就去了晴雨國小的生態池，果然在仔細地找了靠水的大石頭水面下，看到了那淡淡的紫光，心裡也讚嘆了一下那群孩子，這麼微弱的光也能被他們發現，真是眼尖。」勇哥說。

「唉唷！現在不是讚美那群孩子的時候，那接下來呢？你有去把那顆球拿出來嗎？」小不點著急地問。

「小不點，你真是著急過頭了！如果勇哥沒有拿的話，那你剛剛看到的那顆紫焰球是什麼？」娜娜笑著對小不點說。

「對耶，我真是暈了，勇哥你繼續說。」小不點不好意思地搔搔自己的頭髮說。

「我把手伸到那泛出紫光的水面下，果然摸到一顆球狀物，但是在那當下卻像那群孩子一樣拿不出來。還好有找寶藏的經驗，想說如果直接握球拔出是不可行的話，那就用旋轉球體後拔出的方法來試試，就真的那麼幸運，一試就成功地把球從水面下拿出來了。」勇哥一口氣把話說完。

「看那紫焰球應該也是寶物一個，只是勇哥你真的不簡單，看到紫焰球也能和打油詩做連結並認定這跟晴雨社區的寶藏有關係，這種敏感度是我要好好學習的，厲害！厲害！」娜娜以佩服的眼神對著勇哥說。

「客氣、客氣，身為寶藏獵人也要有兩三下的本事，不然如何以此維生呢？妳的本事也不惶多讓，『賽諸葛』的稱號在我們這一行裡無人不知、無人不曉，破解秦皇陵之謎這件事更讓同業津津樂道。所以這次的尋寶妳可得多幫忙。」勇哥拱手對娜娜說。

「既然勇哥這麼抬舉我，那我只好使出渾身解數，不然可是會辜負你的期望的。我們現在回到那打油詩，既然勇哥認定打油詩就是尋找寶藏的關鍵線索，那我們就得去推敲那首打油詩其中所隱藏的意思了。」娜娜說。

「一想到就頭痛，光那推啊堆、堆啊推的，就讓我頭昏腦脹，根本就不知道打油詩的那些字到底有什麼意思？」小不點表情痛苦地說。

「三個臭皮匠勝過一個諸葛亮，更何況我們還有一個『賽諸葛』，這要解開其中的祕密應該不是一件難事。」勇哥對著小不點和娜娜精神喊話。

《第六回　就是那一天》

「我在猜他們三個人，應該會在晴雨國小下個月即將到來的校運會那天來偷那個寶藏的。」阿榕非常確定地說。

「阿榕，妳怎麼確定會是校運會那天，難道有發現什麼蛛絲馬跡嗎？」馨馨疑惑地說。

「對啊！聽妳的語氣好像很有信心就是校運會那天，但我覺得不可能啊！因為哪有人是在白天偷東西的，那不是很容易被發現嗎？更何況是在這麼多人聚集的場合，校運會耶，不可能啦！」阿怡晃一晃樹枝說。

「阿怡，妳的動作又太大了，小心葉子大量掉落會讓他們三個人起疑，他們可是寶藏獵人和神偷，對於四周的環境的覺知性很強，我們還是小心一點好。不過，阿怡的疑問也是我心中的疑問，選在校運會那天動手實在不是一個明智的決定。」馨馨對阿怡說完之後再對著阿榕說。

「哈哈！其實從他們的談論中就可以略窺一二，妳們想想，他們一直將尋寶重點放在那首打油詩上，打油詩的第一句『晴天堆』，這表示找寶藏的時間是在有太陽的晴天，那有太陽的時候不就是白天嗎？」阿榕解釋說。

「聽妳這樣說我就懂了，既然是白天要來晴雨國小，想正大光明地進出晴雨國小，沒有門禁的校運會那天真是個不錯的選擇，而且在校運會那天會開放校史室，讓回母校的校友可以緬懷一下學校的歷史並瀏覽學校相關史物，這就是動手最好的時機了。我這樣說應該符合妳的推論吧？」馨馨對著阿榕說。

「馨馨果然冰雪聰明，在簡單解釋之後，立刻就能接著推理下去，也是高手。不過是不是正如推論的那樣，我們繼續聽他們說下去。」阿榕說。

這時，看到娜娜從她帶來的那一只工具箱裡拿出一個方形的無蓋盒子：盒子的四個邊面和底面是木製材質，頂面有木質框，在框的其中一邊有玫瑰雕花，而框的中間覆蓋一層玻璃，透過玻璃往盒子的裡面看，看到的是天氣的快速變化，時而晴、時而雨、時而颳風、時而起霧，那氣象變換都在瞬息之間。

「娜娜，妳手上的那木盒是什麼？看起來也是寶物一件。」小不點看著那木盒對著娜娜說。

「這是我在埃及找到的寶物，非常實用，它能快速地顯現你所指定日期的天氣狀況，這對寶藏獵人來說是很重要的工具。」娜娜說完後就拿起那木盒靠近自己的嘴巴，對著它說：「２０１７年４月１７日。」

「哇！還是聲控的耶！這樣對木盒說就好了喔？我看看。」小不點說完之後就將臉湊近那木盒想看看有什麼變化。

透過木盒頂面的玻璃看進去，在一陣雲霧旋轉之後，靠近玫瑰雕花的那一邊正快速地一天一天的跳換日期，而隨著日期的跳換，整個畫面也隨之不斷地變換天氣的狀況。當日期跳換到２０１７年４月１７日時就停止，而畫面出現的是一個晴天的天氣型態。

「校運會那天是個大晴天，不過那天的天氣如何有什麼關係？如果是雨天的話，那就撐傘或穿雨衣去學校也可以啊！」小不點疑惑地說。

「其實我也不確定那天是晴天會不會比較有利於我們找那寶藏，但是因為打油詩的第一句是『晴天堆』，所以根據我的直覺，晴天應該也是個線索。」勇哥解釋著說。

「但是第二句是『雨天推』，這又該如何解釋呢？」娜娜問。

「這也是我想破頭也想不出來的，不過先別想這麼多，說不定當天去到校史室就知道了。」勇哥說。

勇哥說完話之後，在樹梢就傳來了阿怡的聲音：「阿榕果然厲害，完全猜中他們的想法。如果他們要在校運會當天去校史室的話，那我們就跟著去吧！」

「要在校運會那天跟著去是沒問題的，只是我們要怎麼去，我們又不像人類可以行動自如，雖然我們可以使用葉子分身術，但是所受的限制還是很多的。」馨馨說。

「是啊，而且校史室雖然在甲棟大樓的二樓，離我們不會太遠，但是如果窗戶都關上的話，我們要到達那裡勢必要消耗更多的楓動石。」阿怡說。

「妳們的顧慮我都有思考過，但是我最擔心的卻是，如果我們要一起循樓梯上去校史室的話，在一路上除了要移動得很『自然』（加強語氣）之外，還要寄望不要碰到太『勤勞』（加強語氣）的學生，不然半路就會被揀去丟在垃圾桶，那除了前功盡棄之外，更有可能會因為回不到樹的本體而後果不堪設想。」阿榕說。

「沒錯，阿榕說的正是這趟探險中最令人擔心的，不過，我覺得兵來將擋、水來土淹，當天隨機應變好了。」馨馨說。

「那現在我只要跟兩位再確認一件事就好了，那就是我們真的要在校運會那天去校史室嗎？」阿榕看似在問，其實是在信心喊話。

「那當然！」馨馨和阿怡異口同聲地說。

這時樹下傳來勇哥的聲音：「那在４月１７日那天，我們就先約在楓香走道等，等我們三個都到齊之後就先去校園逛一下，假裝是校友回來看看校園，其實是觀察一下如果被發現之後的逃走路線。」

「也好，這樣比較不會惹人注意，也能先想好退路，不過你知道什麼時候校史室會開放嗎？」娜娜對著勇哥說。

「好像校運會開始之後就會開放了，這我也不太清楚，我看在那天逛校園的時候，晃到二樓去看一下應該就可以知道了。對了，小不點你的工具要帶齊全喔！因為我的第六感告訴我那寶藏是藏在機關重重的地方。」勇哥對著小不點說。

「那當然囉，這我是『專業的』（加強語氣），不用擔心，連壓箱寶都會帶來，對我來說，這天底下是沒有我小不點打不開的機關的。」小不點自豪地說。

Star

《第七回 校運會》

校運會當天是個晴空萬里的天氣，雖然時值冬天，但是卻沒有冬天寒冷蕭瑟的感覺，陽光灑在身上略顯炎熱，與剛入秋時的天氣無異。因為是晴雨國小創校一百周年的校慶，逢百的校慶對學校來說是一件大事，因此學校從年初就開始籌畫，到了十月份更是如舉辦嘉年華的前夕那般的熱鬧，全校都沉浸在歡樂的氣氛中。

校史室大約一百平方公尺，緊鄰在校長室的旁邊，有兩扇門可以進出，一扇緊鄰走廊，是由四面大落地的玻璃所組成，中間兩面玻璃門往兩邊開就成了平常的出入口。另外一扇門是單片門，開在與校長室相連的那面牆，雖然只有簡單的喇叭鎖，但是不論是學校教職員或學生都不會從那扇門進出，且門的開關在校長室那一面，平常是上鎖的狀態，只供校長使用。

校史室的牆壁上方掛滿了歷任校長的肖像和歷年來學校活動的照片，而四周牆壁除了門的那一邊之外，都排滿了鑲著玻璃門片的木頭櫃，櫃子裡立著各式的獎盃和獎牌，訴說著晴雨國小的輝煌過往。口字型的桌子整齊地擺放在校史室的正中間，而口字的中間是學校的立體模型，從立體模型中可以看出晴雨國小的整體空間配置。

在校史室裡最顯眼的並不是那些獎盃和獎牌，也不是那個學校的立體模型，而是在落地玻璃門對面牆櫃裡的清朝乾隆花瓶，那乳白的瓶身上有青龍的環繞，青龍往瓶口處騰飛而上正在追逐一顆金球，那金球貌似太陽，又像大顆的珍珠，在花瓶旁的展示燈照射下，更顯金色的耀眼。

逢百年的校慶果然熱鬧非凡，蒞校來賓的車輛讓學校周圍的交通大打結，車多到需要請警察來指揮交通。學校也在當天舉辦園遊會，大大小小的攤位，有吃的、有玩的，吸引了更多的人潮，將校園擠得水洩不通。每個人的臉上都洋溢著笑容，只有站在楓香走道的勇哥、小不點和娜娜臉上的表情是緊繃的，雖然偶爾會擠出笑容，但是那笑容只為了讓自己看起來不那麼奇怪。

「勇哥，校史室好像在八點多就會開放參觀了，我們要在一開放就去？還是等人潮散去之後再進去呢？」小不點問勇哥。

娜娜在勇哥還沒回答之前就搶著說：「我覺得應該等人潮散去之後再進去，這樣比較不會引人注意，也比較有充裕的時間可以找找那寶藏。」

「娜娜的考慮是有道理的，但是就怕如果太晚去的話，會被人捷足先登，這樣就糟了。」勇哥說。

「什麼！也有其他寶藏獵人跟我們一樣在今天來尋寶嗎？我怎麼沒聽說！」娜娜面露驚嚇地說。

「我也只是聽說，不過就算有的話也不意外，因為我們能猜得到，或許別人也能猜得到，我們除了小心一點之外，我看還是一開放就去校史室比較好，就算沒有機會下手的話，也可以觀察一下校史室，說不定能看出一點蛛絲馬跡。」勇哥對著娜娜說。

「那我們先分散去預找逃走的路線，晴雨國小有三個門，我負責北側大門的方向，娜娜負責西側大門的方向，小不點你負責東側門，順便去觀察人潮的狀況，十點在甲棟大樓一樓會合後再一起到二樓的校史室。兩位，沒問題吧？」勇哥說。

「ＯＫ！」娜娜和小不點異口同聲地說。

一直默默聽著他們對話的阿榕、馨馨和阿怡，等娜娜和小不點說完之後，阿怡興奮地說：「今天將會是有趣的一天，阿榕，妳覺得我們什麼時候使用葉子分身術比較好？」

「我記得上次我們數完自己身上的楓動石，馨馨妳有一百零八顆，阿怡妳有八十六顆，現在妳們先數數自己的楓動石，我再來決定什麼時候要使用葉子分身術。」阿榕從語氣中也顯得興奮。

「就知道妳會先問我們的楓動石數量，我今天一早就數過了，我很聽話喔，都很認真地『罰站』（加強語氣），也沒再到處亂跑了，所以現在我身上有一百二十八顆楓動石。」阿怡搶先說。

「哇！妳真的很認真在『罰站』（加強語氣）耶！才一個多月的時間妳就累積這麼多，妳看妳平常多麼頻繁地到處亂跑，所以上次才八十六顆而已。」馨馨笑著對阿怡說。

「馨馨，妳呢？我有一百三十五顆，妳的數量應該也跟我的差不多吧？」阿榕對著馨馨說。

「我有一百四十三顆耶，妳的楓動石怎麼比我還少，上次妳有一百二十顆的時候，我才只有一百零八顆而已，怎麼了嗎？」馨馨用疑惑的表情對著阿榕說。

「因為我前天去測試了一下，如果讓自己從這裡移動到校史室的外面，在沒有窗戶可以進去，沒有風力的協助，一定得沿著樓梯上去的情況下，要消耗十顆楓動石才能夠辦到。」阿榕說。

「阿榕果然是不打沒有把握的仗，連到校史室要消耗多少楓動石都能先預試，佩服！佩服！那扣除十顆可能必須要消耗的楓動石，我們身上剩下的楓動石應該足以應付各種狀況。」阿怡說。

「唉呀，凡事多點準備就能少點風險！因為我們不需要跟他們去探勘場地，所以我們先去校史室附近等著，反正他們十點就會過來了。」阿榕說。

「好喔，不過要記得，現在到校史室要全程使用楓動石，不然今天校運會如果用隨風的方式，那風險太大了。」馨馨說。

「那現在出發吧，我們一起走。」阿怡迫不及待地說。

《第八回　試著破解》

校史室從八點多開始就一直都擠滿了人潮，來參觀的人指著牆上的照片虛空比劃，對著身旁的友人聊著往日的回憶，所以整間校史室熱鬧非凡。這熱鬧的景況持續到大約九點半多，在播音系統傳出：「報告、報告，待會在十點鐘，學校的司令台將舉行傑出校友頒獎活動，請各位來賓現在就可以往司令台前的操場移動，報告完畢。」之後，校史室的人潮才漸漸散去。到了十點鐘，校史室就連一個人都沒有，只有在校史室的學校立體模型上有三片楓香樹的葉子，那三片葉子的位置很巧妙，和立體模型幾乎融為一體，沒有仔細看還真的看不見這三片葉子。

「阿榕真是聰明，在校史室裡，就這個立體模型最適合我們藏身在這了。等一下，妳們聽，門口現在有一個男生講話的聲音，那應該是勇哥。」馨馨說。

在校史室靠近走廊的門口，傳來輕盈的腳步聲和說話的聲音，那聲音正是勇哥。

「現在剛好是十點鐘，你們都很準時。我們也很幸運，因為此刻所有的人都到操場去參加傑出校友的頒獎活動了，我們得趕快把握時間，直接去校史室看那乾隆花瓶。走吧！」勇哥說。

在勇哥說完之後，三人就一起走到擺放乾隆花瓶的玻璃櫃前，那花瓶在展示燈的照射之下，乳白瓶身上映著龍的青綠和金球的閃耀奪目，在在顯示出這花瓶的不凡。正因為花瓶的珍貴，所以學校在放置花瓶櫃子的裡裡外外裝了不少的防盜設施。

在櫃子左右兩側上方的天花板上，除了釘了兩支鏡頭對準花瓶的監視器之外，玻璃門也有兩層，外層必須要刷卡和輸入密碼後才能開啟，內層是一套指紋辨識系統。卡片和密碼由晴雨國小的教務主任負責保管，指紋辨識系統則須按壓現任校長的指紋。卡片鎖在教務主任的保險櫃內，密碼是一組印在一張小白紙上八個號碼的數字，那張紙除了也放在保險櫃裡之外，也記在教務主任的腦袋裡。因為卡片和密碼非常重要，所以列入教務主任的首要交接項目。

指紋辨識系統在每屆校長交接後，系統必須被重置一次以辨識新任校長的指紋，而這指紋辨識的重置必須在四處室主任的見證下才能進行，是相當嚴謹的程序，因為任誰都無法承擔乾隆花瓶失竊的後果。

「這玻璃櫃有兩層，第一層我應該可以處理，不是難事，但是那指紋辨識系統，我也不是說不會處理，只是要花比較多的時間，我怕還沒破了辨識系統之前，就會有人進來校史室了。」小不點說完之後從他的腰包中拿出一張卡片和一個小的電子儀器，只看他將卡片插入那電子儀器，並按壓了儀器上的數字鍵，接著再將卡片抽出後，去刷過外層的防盜面板，最後輸入了密碼，就這樣，第一層的兩片玻璃門就往兩側滑開了。

「專業的果然是專業的，這外層防盜的難度對我們『神偷』小不點來說，簡直是小菜一疊，不到一分鐘的時間就搞定了，真是厲害！」娜娜拱手對著小不點說。

「好說！好說！我可是靠這技能吃飯的，沒點本事那我不就要喝西北風了。」小不點說。

「娜娜，接下來要看妳表演了。」勇哥對著娜娜說。

「勇哥這麼看得起我，我也應該要露個兩手才對。」娜娜邊說邊拿帶來的小工具箱中拿出一個圓形的金屬器材，只見她將那器材對準指紋辨識面板，器材上的綠燈亮之後，他就將右手拇指伸進器材的洞裡，等那綠燈變橘燈，再將拇指抽出按壓在指紋辨識系統面板上。這過程不到兩分鐘，那內層的玻璃門也往兩側滑開了。

「哇，娜娜的功力也讓人咋舌，我以為打開內層需要花較多的時間，想不到才兩分鐘不到就輕輕鬆鬆處理好了，真是高手、高手。」小不點對著娜娜說。

「兩位先別急著互相稱讚，接下來要想辦法破解那打油詩才是首要之事。」勇哥說。

「等一下，你們看，在花瓶的左右兩邊各放了五個方塊，你們不覺得有點奇怪嗎？」娜娜疑惑地說。

「那應該只是放在花瓶旁邊陪襯花瓶的裝飾品而已吧！在很多古物的展示櫃裡也常看到啊！」小不點說。

「娜娜，難不成妳有別的想法？」勇哥面露期待地對著娜娜說。

「我的直覺告訴我，這十個方塊一定有古怪的地方。兩位，你們先看看我現在要做的。」娜娜說。

娜娜說完之後，就試著將她面對花瓶方向右側離她最近的那一個方塊拿起來，先確定方塊是可以移動的之後，就將那十個方塊全部拿到花瓶的正前方開始堆了起來。娜娜先將四個併成一橫排，接著將剩下的六個，按照三、二、一的方式往上疊，從正面看去好像一個三角形，而在往上堆疊時，那些方塊好像彼此有磁性一般就自動地排列整齊。

當堆疊完之後，娜娜停了一下後說：「古物展示櫃的陪襯品幾乎都是採固定式，只有展示的東西是可以移動的，而這十個方塊能夠移動就表示真有其古怪的地方。因為打油詩說『晴天堆』，所以我就先按照我的直覺堆成這個樣子，不知道兩位有何高見？」娜娜說。

「打油詩中說『堆了又推』，因此堆起來的高度應該是可以讓人推倒的，所以這種堆法我覺得有道理。但是『雨天推』這該怎麼處理，是現在就要推倒它嗎？」小不點說。

「我想這應該就是關鍵，要現在推嗎？還是？啊！我懂了，還是現在堆起來，等到雨天再把它推倒。你們覺得我說的有沒有道理？」勇哥說。

「可是現在天空是出個大太陽，怎麼可能會下雨呢？難不成要在這裡等到下雨嗎？再等下去就會有人進來校史室了！勇哥，你說怎麼辦才好？真的要在這裡等下雨嗎？」小不點著急地拋出了連串的問號。

「勇哥既然這麼確定這首打油詩就是找到寶藏的關鍵，那『晴天堆，雨天推』就真的是要先照字面上的意思去做，也就是說現在真的要等到雨天再把堆起來的方塊推倒才是對的。」娜娜右手托著下巴說。

《第九回　堆堆又推推》

這時在立體模型上的阿榕對著馨馨和阿怡說：「勇哥的猜測應該是對的，因為我們在晴雨國小快一百年了，看看今天的天氣，等一下一定會下雨。」

「我也這麼覺得，晴雨社區之所以叫做晴雨社區，那是因為這裡晴天和雨天很常交互出現。現在是晴天，但是過了不久就可能會下雨；一樣的狀況，如果現在正在下雨，過不久，很可能就出大太陽。這就是晴雨社區的特色。」馨馨說

「哈哈！每次我用葉子分身術去玩的時候，最怕但卻又最常碰到的就是，明明是大晴天，但是一個轉眼馬上烏雲密布，不久就下起大

雨來了。雨打在葉子就會把我黏在地上，每次都要消耗較多的楓動石才能回到樹的本體。不過，當我連滾帶爬回到樹的本體之後，太陽就從雲層中竄出頭來，好像在笑我的狼狽，真是氣人！」阿怡說。

說時遲、那時快，就在阿怡說完話後，天色倏忽轉暗，在空氣中已經能嗅到水氣的味道。再過不久，天空真的下起滂沱大雨來了，而且越下越大！

這時學校的播音系統傳來：「報告、報告，現在正在下雨，請各位來賓往活動中心或圖書館移動。所有未完成的學生表演將在活動中心繼續進行，另外在圖書館有畫展，這兩個地方都是來賓們躲雨的好去處，報告完畢。」

聽到廣播的內容之後，在校史室的勇哥、娜娜和小不點鬆了一口氣。勇哥說：「看樣子，老天爺要多給我們一點時間，目前所有人都會往活動中心或圖書館移動，暫時是不會有人來校史室！」

「這雨說下就下，剛剛明明還是大晴天的。那現在下雨了，我們要把堆起來的方塊推倒嗎？」小不點對著娜娜說。

「應該是要的，但是要怎麼推呢？推錯了，可得再等晴天才能再堆了，這可得好好想想。」娜娜說完之後往花瓶的左側看看，又朝花瓶的右側看看，最後站在花瓶的正前方。

「實在看不出來該怎麼推耶？往兩側推很奇怪，往前推的話方塊會撞到花瓶，往後推的話方塊會掉到櫃子外面來，這可真傷腦筋。勇哥，你有什麼想法嗎？」娜娜對著勇哥說。

勇哥聽完娜娜的話之後，就請娜娜先挪動位置，自己站在花瓶前仔仔細細地盯著花瓶看。這靜默的時間還真是長，就在幾近要放棄的時候，娜娜突然發出一聲：「啊！」

「妳發現了什麼嗎？快說！快說！」小不點著急地說。

「你們從我這邊看，因為我這邊是展示燈照射的另外一面，陰影部分比較多，所以隱隱約約可以看到在青龍的龍爪上有著一個方框，那方框比堆起來的方塊中最高的那個方塊略低了一點。這是不是表示要將這堆起來的方塊往花瓶上推，讓最高的那個方塊從方框中掉進去。」娜娜越說越興奮，忍不住激動地雙手握拳。

「妳的說法很有可能喔！不然怎會有那個方框呢！來吧！既然是妳發現的，那就由妳來推倒方塊吧！」勇哥對著娜娜說。

娜娜站在花瓶前深呼吸了一口氣之後，伸出右手，張開手掌，將中指對著最高的那個方塊，先慢慢地靠近之後再屏氣凝神地用力地推了下去。那最高的方塊不偏不倚地倒向花瓶上的方框。在正中那個方框之後，那方框的位置往下移動了一個方塊的距離。

「看樣子勇哥的推論是對的，那『堆了又推，推了又堆』的意思應該是要再把方塊堆起來，再推倒的意思。不過要再等一下。」娜娜說。

「為什麼要再等？不是『堆了又推，推了又堆』就好了嗎？」

小不點疑惑地問。

「因為『晴天堆，雨天推』啊！現在是下雨天，我想應該是堆不起來的，我來試試，看我的推論是不是對的。」娜娜說完後就拿起剛剛被推倒的那一個方塊想往上疊，但是不管怎麼疊都會立刻倒下去。

「好像真的和娜娜推測的一樣，我看只好再等等，說不定等一下就會是晴天了，這正是晴雨社區的特色啊！」勇哥說。

雖然說晴天和雨天在這裡很常交互出現，但是轉換也是需要等一等的。也因為害怕有人會來到校史室，所以等待更顯得漫長。此時校史室裡瀰漫著一股緊張的氣氛，空氣凝結到連針掉到地上都能聽得一清二楚。

不過在略為等待之後，嘩啦啦的雨勢已漸漸轉為只剩滴滴答答的雨聲，沒過多久，天空竟然放晴了。但這天氣的轉變讓勇哥一行人一則以喜、一則以憂。喜的是可以繼續進行堆方塊的動作，但憂的是天氣放晴之後，可能就會有人來校史室參觀，壞了尋寶的大計。

就在這肅靜的時刻，學校的播音系統傳來：「報告、報告，由於現在雨停了，在場地整理完畢之後，將在操場舉行高年級大隊接力比賽，請所有來賓現在可以移駕到操場來觀看緊張又刺激的比賽，並為下場比賽的學生加油，報告完畢。」

《第十回　心裡的糾葛》

聽到這一則廣播，勇哥一行人又鬆了一口氣，因為這樣就比較沒有人會來校史室，而且也可以再繼續堆方塊了。這時娜娜覺得事不宜遲，立刻又將方塊堆了起來，但因為在花瓶上的方框位置往下移動了一個方框的距離，所以娜娜只拿了六個方塊，以三、二、一的方式往上堆疊，這樣在第三層最高的那一個就剛好和花瓶上的方框在同一高度上。

果然如娜娜所想的一樣，在晴天的時候堆疊方塊，那方塊就真的好像有磁性一樣，就這麼自動排列整齊了。而就在方塊自動排列好了之後，那最高的方塊竟被花瓶吸了過去，而且非常吻合的附在方框裡。

「真的很神奇耶！方塊與方框竟能完全吻合到這種程度，這表示我們尋寶的方向是正確的。」小不點雙手握拳非常雀躍地說。

「勇哥果然厲害，不過接下來的打油詩內容是『一堆一推大風吹』，不知道勇哥有什麼高見？」娜娜以敬佩的語氣問勇哥的想法。

「校史室因為怕雨水會打進來而淋濕這些珍貴的校史文物，所以落地門和窗戶經常是緊閉的，只有學校有活動或打掃的時候，門和窗戶才會打開。所以如果要有『大風吹』的情形，只能寄望門和窗戶有風可以吹進來，而且風勢還要夠大。」勇哥說。

「好像也只能這樣，我又不像諸葛孔明一樣會借東風。對了、對了，娜娜，妳不是賽諸葛嗎？我看這次妳要借風～～～來用用，展現一下賽諸葛的實力。」小不點開玩笑地說。

「哎呀，你太抬舉我了，賽諸葛的稱號只是大家取來鬧著玩的，別太當真，如果真的要借風～～～的話，我看我用嘴巴吹比較快，而且保證絕對有風。」娜娜笑笑著說。

就在娜娜說完話之後，說也奇怪，從門口開始有風吹了進來，一開始是微風，但是風勢漸漸變大，大到娜娜的長頭髮都被風吹得髮尾往上飛了起來。

因為在學校的立體模型的四周有強化玻璃圍著，所以阿榕、馨馨和阿怡才沒有被這強勁的風吹走，但隨著勇哥一行人一步一步解開打油詩之謎後，阿怡的心情卻沉重了起來。

「阿怡，怎麼了？感覺妳的心情沒有很好。」馨馨問阿怡。

「這感覺也說不上來，因為雖然隨著寶藏之謎慢慢被解開，有一種類似破解真相的刺激感並滿足了好奇心，但是在晴雨國小生活這麼久了，要眼睜睜地看著屬於晴雨國小的寶藏被偷走，我是怎麼也開心不起來。」阿怡說。

「難得喔！看我們阿怡平常嘻嘻哈哈愛玩耍的樣子，想不到也有感性的時候。說實在的，其實我也有一樣的感覺，我也不想寶藏就這麼被偷走了。」馨馨說。

「阿榕，妳這麼冰雪聰明，應該有辦法可以阻止他們偷走寶藏吧？」阿怡用懇求的表情看著阿榕。

「阻止他們偷走寶藏這倒不難，不過有風險喔！要賭上一把！」阿榕邊沉思邊說。

「賭一把？難不成有性命危險？」馨馨說。

「沒錯，我們得冒著回不到本體的危險，這點我得跟妳們說在先，如果妳們願意冒這個風險的話，那我再繼續跟妳們說我的計畫。」阿榕說

「沒問題的，阿榕妳說吧！」馨馨和阿怡異口同聲地說。

「好！我的計畫是這樣子的，因為晴雨國小的百年校慶對晴雨社區來說是一件大事，所以盛大舉辦和湧現的人潮是可以想像的。也正是如此，所以晴雨派出所的員警也會來協助維持秩序。而據我的觀察，那員警的服務處就設在跳遠沙坑的附近。」阿榕說。

「就算是這裡有員警，但是他們又聽不到我們說的話，那要如何告訴他們有人正在偷校史室的寶藏呢？」馨馨問。

「難不成？難不成？要用寫字的方式？」阿怡頗有把握地問。

「聰明喔！這方法我也是平常看妳都會偷偷去沙坑上跳舞所引發的想法，想說員警聽不到我們說的話沒關係，但是我們可以將要表達的意思寫在沙坑上。」阿榕說。

「這真是一個不錯的方法，而且沙坑就在警察臨時服務站的附近，這樣我們寫的字比較有機會能被員警看見。不過，在這麼熱鬧的校慶，他們會去注意到沙坑上的字嗎？」馨馨問。

「馨馨所說的也是我所擔心的，所以才說要賭一把，就賭員警會看見我們所寫的字。」阿榕說。

「那既然大家都覺得寶藏不應該被偷走，那我們就一起去冒這個險吧！事不宜遲，現在就出發往沙坑移動。」阿怡說。

阿怡說完之後，就趁著門口吹來的風，假裝自己被風吹起，接著讓自己往下掉到地面附近，躲開風的吹拂後再貼著地面飛出門口，當然這些動作都不是自然的，所以必須要消耗楓動石。阿榕和馨馨也跟著阿怡用同樣的方式飛出了門口。而阿勇一行人因為專注在方塊和花瓶上，誰也沒有注意到有三片葉子以不自然的飛動離開了校史室。

#《第十一回 寫在沙坑的密報》

擴大舉辦的校運會果然人潮洶湧，為了維持秩序，到校支援的員警不是在大門口指揮交通，就是在沙坑旁的員警臨時服務站駐點。

阿怡率先穿越人群，悄悄地來到沙坑旁，而阿榕和馨馨也在不久之後來到了阿怡的旁邊。三片葉子從校史室飛動到沙坑旁的過程，若非特別注意，不然就算被看到也只會被當作是有風拂起了落葉，任誰都不會多看一眼的。

「阿怡，妳左閃、右躲、直衝、急停，然後俐落地停在這裡，真可謂是葉子中的『賽車手』，我和阿榕都快跟不上妳了。」馨馨氣喘吁吁地說。

「哈哈！這是我平常溜出去玩所自學的『技能』，就跟妳們說平常要常跟我到處去遛達，這樣我才有機會將這『技能』傳授給妳們。」阿怡驕傲地說。

「改天、改天，下次有機會我一定會跟妳去的。不過，阿榕，現在我們要在沙坑上寫些什麼字來告訴員警有人在校史室偷東西呢？」馨馨說。

「我覺得我們要節省著用楓動石，因為要留點楓動石來應付臨時發生的狀況，並還要能順利地回到我們的本體，所以我想了六個字，我寫兩個字、妳寫兩個字、阿怡寫兩個字。」阿榕對著馨馨說。

「是哪六個字呢？」阿怡躍躍欲試地說。

「就『校、史、室、有、小、偷』這六個字，我寫『校、史』，阿榕寫『室、有』，阿怡寫『小、偷』，這樣兩位沒問題吧？」阿榕說。

馨馨寫「如果寫了而員警沒有發現怎麼辦？」馨馨問。

「先不要想這麼多，寫完再說。我們按照字的順序寫，因為如果一起寫的話，那三片葉子飛舞寫字的場面會很詭異，我怕有人會覺得大白天見鬼了！」阿榕說。

「哈哈！這樣說也是啦！那阿榕妳先開始吧。」阿怡說。

阿怡說完之後，阿榕馬上使用楓動石，先飛到沙坑靠近起跳板的位置，凌空下點，一筆一畫在沙坑上寫上『校、史』兩個字，接著回到剛剛停留的位置並告訴馨馨接換寫字。等馨馨寫完了之後就換阿怡寫，但阿怡比較調皮，寫完字之後還高飛大約兩公尺欣賞所寫的那六個字，最後才回到阿榕和馨馨的旁邊。

一分鐘、兩分鐘、三分鐘，時間一分一秒地過去，但是不僅員警沒有發現沙坑上的字，連沙坑附近的民眾也沒有發現。這可讓阿榕她們著急不已，因為她們知道勇哥一行人正逐步地解開打油詩，快要找到寶藏了，所以每一秒的等待對她們來說都是煎熬。

「我快急死了，怎麼辦？怎麼辦？」阿怡著急地說。

「這樣坐以待斃真的不是辦法，我想我們應該想想辦法才是。」

馨馨對著阿榕說。

「或許需要再消耗一些楓動石，飛起來到那兩位員警的眼前晃一下，吸引他們的目光來往沙坑這裡看。因為我們沒有時間再等下去了。」阿榕說。

「也就是說要去騷擾一下那兩位員警，發揮『蚊子』擾人的功力囉。這個我最會了，交給我好了。」阿怡對於能主動出擊感到高興。

阿怡說完後立刻飛了起來往比較靠近沙坑的員警臉上撞了過去，但是這一撞只讓那位員警用手拂了自己的臉，絲毫不以為意。馨馨看到阿怡這一擊沒有奏效，她就立刻飛了起來繼續再撞同一位員警的臉，這一撞讓那位員警的頭撇了一下。阿榕看機不可失，繞過同一位員警的後方往他的右臉頰撞去，因為沙坑就在那位員警的右側。

那位員警被阿榕這麼一撞，右手往上伸摸了一下右邊臉頰，頭就往沙坑方向看了過去。

「咦，俊昌你看，那沙坑上好像有寫些什麼耶！」那位員警說。

「唉唷！志強，你值勤太勞累了，眼花了吧！沙坑是剛剛比賽跳遠的場地，才整理過而已，怎麼可能有人在上面寫字。」員警俊昌依舊盯著運動場看。

「你看看嘛！好像寫校史室什麼的。」員警志強邊說邊往沙坑走去。

俊昌也因為好奇心的驅使，跟著志強往寫字的地方走去。

「真的耶！上面寫著『校、史、室、有、小、偷』。是誰在這個時候惡作劇的。」俊昌雖然覺得是有人惡作劇，但仍基於警察的本能往四處張望。

「不管是不是惡作劇，我們都應該要去校史室確認一下。你等等，我先用無線電傳呼回報這件事，並請其他同仁提高警覺，多注意看看有沒有可疑的人物。」志強說。

志強和俊昌等其他兩位同仁來接手駐守臨時服務站之後，就往校史室移動。為了謹慎起見，俊昌邊走邊用無線電請求提供更多的警力支援。

校史室
有小偷

《第十二回　被打開的通道》

在校史室的勇哥一行人，因門口吹來了風而感到興奮，絲毫不知道有員警正往校史室走來。

「娜娜，連妳的頭髮都可以被風吹得飛了起來，那把一顆球吹起來應該不是一件困難的事。勇哥，我在想，根據打油詩的內容『風往哪裡吹，球往那裡飛』，這是不是表示只要把紫焰球放在手上，它自然會被風吹到乾隆花瓶裡，對吧？」小不點很有自信地說。

「應該是這樣沒錯，因為放在我口袋裡的紫焰球，在風吹進來之後，它就好像有生命似地在我的口袋動來動去，好像要飛起來的樣子。」勇哥說。

勇哥說完後就將手伸進褲子右邊的口袋，將紫焰球先拿出來緊握在手上，那紫焰球好像充滿了能量一直衝撞勇哥的手，使勇哥必須更用力地握緊它，不然深怕一個不小心紫焰球就會飛走。

「我想接下來應該是勇哥該放手的時候了。」娜娜說。

勇哥點點頭之後，將握著紫焰球的右手往前伸，接著慢慢地將手指打開，那紫焰球就從打開的手中飛了出來，往花瓶的瓶口直奔而去，最後從瓶口掉了進去。但是，掉進花瓶的紫焰球並沒有因此而靜止在瓶底，反而貼著花瓶的內壁不斷地繞圈圈，那接觸花瓶繞圈所發出的清脆聲竟是如此地悅耳，好像正在演奏一曲動人的音樂一般。

「怎麼沒有被打開的密室或是祕密通道呢？球進了花瓶之後也一

直轉轉轉，不是和打油詩的內容『進了乾隆花瓶裡，轉轉轉一定對』一樣嗎？」小不點搔搔頭疑惑地說。

「會不會是少了哪一個步驟或動作？娜娜，妳覺得呢？」勇哥對著娜娜說。

「我也這麼覺得！我在想，或許轉轉轉指的並不是球的轉轉轉，而是需要轉動某個東西。」娜娜說。

「花瓶！」勇哥和小不點不約而同地說。

「看你們兩個這麼有默契，我想應該就是了，我來試試！」娜娜說完之後就用雙手握住花瓶順時針轉了一下，但是花瓶卻文風不動，因此娜娜接著往逆時針方向轉，此時聽到「喀喀」兩聲，不但花瓶能繼續轉動，那位於校史室的中間位置的立體模型也慢慢地往下陷了進去。

娜娜持續轉動花瓶，直到陷下去的空間足以讓人可以爬下去之後就停止轉動。在一旁的勇哥和小不點，臉上都露出得意的微笑。

「這機關做得如此巧妙，想必那祕密通道帶我們去找的寶藏一定非比尋常。我們走吧！我已經迫不及待了！」小不點說。

「等等，校史室隨時會有人來，如果我們三個就這麼一起下去的話，那其他人不就也會發現這個祕密通道了嗎？」娜娜說。

「賽諸葛果然思慮周全。這計畫是我起的頭，我相信你們，你們兩個進通道去找那寶藏，我在上面幫你們把風，如果有人來的話，我就將通道先關閉，等人走了再打開。這樣沒問題吧？」勇哥對著娜娜和小不點說。

「哎喲！勇哥說這話太見外了，我們並肩合作這麼多次，難不成我還會懷疑你拿了寶藏就暗藏起來嗎？」小不點拍拍勇哥的肩膀說。

「做我們這一行彼此競爭是理所當然的，但是只要當了合作的夥伴，那最大的禁忌就是彼此猜疑。勇哥，我既然選擇和你合作，也就是選擇和你禍福與共了。我看還是你和小不點一起進去，我幫你們把風。」娜娜對著勇哥說。

就在這個時候，校史室的門口傳來大吼的聲音：「我是警察！你們被逮捕了！」

員警志強和俊昌並肩出現在校史室的門口，而說話的正是志強。就在志強說話的同時，志強和俊昌兩人都緊握手槍對著勇哥、娜娜和小不點，且眼睛也隨著手槍指的方向緊盯著。

勇哥站的位置離乾隆花瓶最近，在聽到志強的大吼聲時，他立刻本能地將花瓶順時針地轉了回去。隨著花瓶被轉動，那本來因為陷下去而出現的通道迅速地關了起來，完全不著痕跡。這瞬間的變化只有娜娜和小不點看見，志強和俊昌絲毫沒有察覺，也就是因為這樣，所以志強和俊昌就只認為勇哥一行人到校史室是為了偷乾隆花瓶。

「好大的膽子，你們竟然敢來偷乾隆花瓶。現在，你們三個人的手放在頭上慢慢轉過身來」俊昌說。

因為勇哥三人在通道打開之後，不約而同地都轉身過去面對著花瓶，討論誰進通道和誰把風的問題，所以在志強和俊昌來到校史室看到的是勇哥三人面對花瓶的背影，因此俊昌才叫他們轉過身來。

勇哥三人在聽到俊昌說的話之後，竟然沒有將手放在頭上，只是把雙手微舉在身體兩側並緩緩地轉過身來。

《第十三回　逃走》

不過就在勇哥三人轉過身來之後，志強驚呼了一聲：「校長、主任，怎麼會是你們？」

「今天校運會，來學校的人很多，就怕那些專偷寶藏的人來會利用這個校園對外開放的時間，混進來偷這價值連城的乾隆花瓶，所以我和兩位主任來看看這花瓶，順便測試一下防盜系統。」說話的是校長。

「不過你們怎麼會在這時候來校史室呢？而且還手拿著槍，難不成真的有小偷要來偷乾隆花瓶？」站在校長旁邊的一位女性主任說。

「這～這～這～，倒也沒有確切的證據，是因為我們在沙坑上看到『校、史、室、有、小、偷』這六個字，我們想說就算是有人在惡作劇，也要來校史室巡邏一下，這樣比較安心。」俊昌說。

「是啊～是啊～，這是我們警察的職責所在。只是想不到會在這裡碰到校長和兩位主任。」志強說。

「難怪你們兩位會把我們當作小偷，哈哈！別太緊張，有這麼嚴密的防盜系統和認真盡責的你們，這花瓶一定會安安穩穩地擺在這裡的，誰也偷不走，除非小偷有超乎常人的通天本領。」站在女性主任旁邊的男性主任說。

「感謝主任對我們警察的肯定，這些年來偷乾隆花瓶的傳聞就不斷，甚至有人說學校裡有不為人知的寶藏，但是也僅止於傳聞，至今仍尚未有發生偷竊的案件。不過，小心駛得萬年船。」俊昌說。

「關於寶藏的傳聞我也有聽過，只覺得那是無稽之談，我在這當校長這麼多年了，如果有寶藏我應該也會知道才對，所以傳聞聽聽就好，別太認真。但是這乾隆花瓶可是價值連城，真的要謹慎地防護。」校長說。

「校長說的是。那既然已經沒事，我就回報我們所長說校史室無異狀，也就先回去我們的臨時服務站了。如果有任何需要我們警察協助的地方，請不要客氣，隨時都歡迎。」志強說。

「好的，那你們就先離開吧，我跟兩位主任要繼續測試防盜系統，你們在現場也不太方便，就先這樣子囉。」校長向志強和俊昌輕輕地點個頭示意要送客了。

兩位員警用無線電傳呼回報安全之後，一同離開了校史室。

「勇哥，我覺得此地不宜久留，既然警察已經注意到校史室會有人來偷花瓶，雖然不知道我們是來偷寶藏的，但是如果我們再繼續待下去話，被發現的機率很大。」那位男主任對著校長說。

原來勇哥三人皆相當精通易容術，在進來校史室之前，已將要易容的皮面具放在口袋裡，等到聽到志強和俊昌的腳步聲之後，三人就立即將皮面具戴上。那專業的戴面具手法，厲害到志強和俊昌都沒有發現。而勇哥三人已將要易容的角色分配好，勇哥扮演校長，娜娜扮演教務主任，而小不點扮演學務主任。

「小不點，你說得有道理，不過剛剛說的那『超乎常人的通天本領』應該就是在說我們吧！哈哈！只是我納悶的是，那沙坑上的字是誰寫的？怎麼會有人知道我們在校史室呢？」娜娜疑惑地說。

「這我也想不通，不過，我想我們應該先撤退，反正我們知道如何進入祕密通道的方法，下次再找個時間來一趟就好了。等一下按照事前規劃的逃走路線離開學校，等過一陣子我再聯絡兩位，但請兩位一定要保守這個屬於我們三個人的祕密，沒問題吧？」勇哥說。

「那是一定的！」小不點說

「好的，等你的聯絡。」娜娜說。

說完之後三人將方塊放回原來的位置，並將防盜系統重新設定，讓現場感覺一切都沒有發生過任何事情一般。

《第十四回　永不停息的傳聞》

雖然在校運會當天，志強和俊昌到校史室看到的是校長和兩位主任在測試乾隆花瓶的防盜系統，但是沙坑上的字和當天兩位員警與校長和主任們的對話，已在晴雨社區傳得沸沸揚揚的。

關於沙坑上的那些字，有些人認為是一直暗中守護寶藏的人所寫的，也有些人認為是其他的寶藏獵人不想讓勇哥他們拿到寶藏而故意破壞的，更有些人認為是在晴雨國小的神靈，使用靈力向警方通風報信的。但是從大家討論的內容中可以明顯地發現，以前眾所注目的是晴雨國小的乾隆花瓶，但是現在大家反而對於傳聞中的寶藏更有興趣了。

「阿榕，自從校運會到現在，我每隔兩三天就會去校史室看看那寶藏有沒有被偷走。」阿怡說。

「難怪最近看你常常使用葉子分身術，不過馬上就又回來了，我還想說妳到底跑去哪裡玩耍？原來是去當『寶藏的警衛』了。哈哈！真應該請學校頒一張感謝狀給妳才對。」阿榕笑著說。

「妳這麼常去看，那到底有沒有發現一些不尋常的事情？」馨馨說。

「乾隆花瓶是還在啦！不過妳們知道的，現在大家的焦點都已經不再是乾隆花瓶，而是那差點就被拿走的寶藏。」阿怡說。

「這『差點被拿走』也只是我們有看過勇哥他們破解打油詩的過程才會知道的，其他人都只是在猜晴雨國小好像有一個不為人知的大寶藏，他們根本就不知道那寶藏已經有人知道，而且要不是警察來了的話，那寶藏就會被偷走了。」阿榕說。

「不過說也奇怪，校運會那天在校史室時，我還記得勇哥有說過一陣子之後再連絡娜娜和小不點，可是已經過了一個多月了，怎麼一直都沒有勇哥他們的動靜，難不成他們已經將寶藏偷走了？」馨馨著急地說。

「這應該不至於，因為這一個多月來，我緊盯著校史室，連有幾隻蚊子飛進去我都知道，更何況我特別留意校園內有沒有勇哥他們的身影，所以我敢保證，那祕密通道在這段期間沒有再被打開過。」阿怡很有信心地說。

「妳們想喔，雖然關於寶藏的傳聞不斷，且我也覺得應該有人會試著來找寶藏，但是根據阿怡所看到的，在這段期間根本就沒有到校史室來偷寶藏的可疑人物，妳們不覺得很詭異嗎？」阿榕說。

「我也這麼覺得，沒看到勇哥他們再回來，也沒其他人來偷寶藏，但是關於寶藏的傳聞卻依舊沸沸揚揚的，這不太合理耶！」馨馨說。

「噓～～妳們聽，樹下好像有人在談論勇哥耶。」阿怡壓低聲音說。

在樹下站著兩個人，一男一女，男的對女的說：「我聽說因為大家都認為勇哥身上有晴雨國小的藏寶圖，沒有那藏寶圖是找不到寶藏的，所以大家都瘋狂地找他，要他把藏寶圖交出來，但是卻一直都找不到勇哥。我想勇哥應該是去躲起來了。」

「我想也是，校運會那天有不少寶藏獵人喬裝成來賓來到晴雨國小，他們也注意到了勇哥和他的兩個夥伴進了校史室，所以大家推論勇哥身上一定有藏寶圖。」那女的邊說邊拉著那男的手往校門口走去。

「既然知道這裡一定有寶藏，那我們哪天也去校史室胡亂碰個運氣，就算找不到寶藏，也想辦法把乾隆花瓶給偷了，……。」隨著那兩人越走越遠，遠到阿榕、馨馨和阿怡再也聽不到他們的聲音。

從那天起，晴雨國小的校史室就開始有了人氣，不論是傑出校友、善心捐款人士或是想來專訪學校的記者，他們都不約而同地指定要到校史室拍照留念。這絡繹不絕的人群裡，不知道會不會有勇哥、娜娜和小不點也在其中呢？

FISH

國家圖書館出版品預行編目資料

打油詩之校園大祕寶 /
--初版-- 臺北市：少年兒童出版社：2017.05
ISBN：978-986-93356-5-2(平裝)

859.6 106006306

打油詩之校園大祕寶

作　　者：蔡明昌
編　　輯：塗宇樵
美　　編：塗宇樵
封面設計：塗宇樵
出 版 者：少年兒童出版社
發　　行：少年兒童出版社
地　　址：台北市中正區重慶南路1段121號8樓之14
電　　話：（02）2331-1675 或（02）2311-1691
傳　　真：（02）2832-6225
E—MAIL：books 5 w@gmail.com或books 5 w@yahoo.com.tw
網路書店：http://bookstv.com.tw/、http://store.pchome.com.tw/yesbooks/
http://www. 5 w.com.tw、華文網路書店、三民書局
博客來網路書店 http：//www.books.com.tw
總 經 銷：聯合發行股份有限公司
電　　話：（02）2917-8022　傳 真：（02）2915-7212
劃撥戶名：蘭臺出版社　帳號：18995335
香港代理：香港聯合零售有限公司
地　　址：香港新界大蒲汀麗路３６號中華商務印刷大樓
C&C Building, ３６,Ting, Lai, Road, Tai,Po, New,Territories
電　　話：（852）2150-2100　傳真：（852）2356-0735
總 經 銷：廈門外圖集團有限公司
地　　址：廈門市湖裡區悅華路８號４樓
電　　話：86-592-2230177　傳 真：86-592-5365089
出版日期：2017年05月 初版
定　　價：新臺幣280元整（平裝）
ＩＳＢＮ：978-986-93356-5-2